AF728380

5 Avril 1897.

V

Succession de M. A. CAZET

Ancien Directeur du journal *l'Éclair*

BEAU MOBILIER

Objets d'art, Bronzes, Tapisseries anciennes

DIAMANTS, BIJOUX, ARGENTERIE

Garnissant un Hôtel particulier

30, COURS LA REINE, 30

Me Emile BOUDIN	M. B. LASQUIN
COMMISSAIRE-PRISEUR	EXPERT
102, rue Richelieu, 102	12, rue Laffitte, 12

PARIS — 1897

IMPRIMERIE MAULDE ET RENOU

MAULDE, DOUMENC & Cie

IMPRIMEURS DE LA COMPAGNIE DES COMMISSAIRES-PRISEURS

Rue de Rivoli, 144. — Paris

CATALOGUE

D'UN

BEAU MOBILIER

Objets d'Art, Bronzes, Tapisseries anciennes

DIAMANTS, PERLES, BIJOUX

ARGENTERIE

Dentelles, Fourrures

DÉPENDANT

De la Succession de M. A. CAZET

Ancien Directeur du journal *l'Éclair*

DONT LA VENTE, PAR SUITE DE DÉCÈS

AURA LIEU

A la requête de M. LEMARQUIS, Administrateur judiciaire

Près le Tribunal de première instance de la Seine

30, COURS LA REINE, 30

Du Lundi 5 au Samedi 10 Avril 1897

A DEUX HEURES

Mᵉ Émile BOUDIN	M. B. LASQUIN
COMMISSAIRE-PRISEUR	EXPERT
102, rue Richelieu, 102	12, rue Laffitte, 12

CHEZ LESQUELS SE TROUVE LE PRÉSENT CATALOGUE

EXPOSITIONS

PARTICULIÈRE	PUBLIQUE
Le Vendredi 2 Avril 1897	Le Samedi 3 Avril 1897

DE UNE HEURE A CINQ HEURES

... 412

CONDITIONS DE LA VENTE

Elle sera faite au comptant.

Les Acquéreurs paieront CINQ POUR CENT en sus des enchères.

L'exposition mettant le public à même de se rendre compte de l'état des objets, il ne sera admis aucune réclamation l'adjudication prononcée, pour quelque cause que ce soit.

ORDRE DES VACATIONS

Lundi 5 Avril, à 2 heures

BIJOUX ET DIAMANTS

Mardi 6 Avril

BIJOUX ET DIAMANTS

Mercredi 7 Avril

ARGENTERIE ET PLAQUÉ

Jeudi 8 Avril

FAIENCES, ARMES, ÉTAINS, BRONZES, OBJETS D'ÉTAGÈRE, CURIOSITÉS, PETITS MEUBLES

Vendredi 9 Avril

MOBILIER, PIANOS, TENTURES ET TAPISSERIES

Samedi 10 Avril

FIN DU MOBILIER

MAULDE, DOUMENC et Cie, imprimeurs de la Cie des Commissaires-Priseurs, rue de Rivoli, 144. 1200—65515

DÉSIGNATION

DIAMANTS ET BIJOUX

1 — Belle Rivière composée de quarante-deux chatons en brillants.

2 — Deux Boutons d'oreilles, composés chacun d'un fort brillant solitaire.

3 — Deux Boutons d'oreilles à vis, composés chacun d'un brillant solitaire.

4 — Plaque de collier souple, formée de feuillages découpés montés de brillants.

5 — Grande Broche de corsage, composée de trois marguerites et de feuillages en brillants.

6 — Parure composée de plusieurs parties à feuillages, fleurs et rubans en brillants.

7 — Bracelet d'or, monté de vingt-sept brillants et de dix-sept saphirs sur deux rangs.

8 — Deux Boutons d'oreilles, formés chacun d'une grosse perle blanche.

9 — Cinquante-six Perles blanches sur papier.

10 — Chaîne de col en or, ornée de dix perles blanches.

11 — Deux Épingles de cravates, ornées chacune d'une perle blanche.

12 — Bracelet gourmette en or, orné de neuf perles fines.

13 — Belle Bague d'or, ornée d'une perle et d'un gros brillant contrariés et petits brillants.

14 — Bague d'or, une perle entourée de huit brillants.

15 — Bague d'or, avec chaton composé d'un rubis entouré de dix brillants.

16 — Bague d'or, avec chaton composé d'une émeraude entourée de quatorze brillants.

17 — Bague à trois anneaux, ornée de deux petits rubis, deux émeraudes, deux saphirs, un petit brillant et roses.

18 — Bague d'or à deux têtes de serpents, avec un rubis, un saphir et petites roses.

19 — Bague d'or, ornée d'un gros brillant et de six autres petits brillants.

20 — Bague d'or à deux anneaux, ornée d'un saphir, trois brillants en trèfle et d'autres petits brillants.

21 — Bracelet en or, avec tête de chouette, renfermant une montre en or ciselé ornée d'œils-de-chat et petites roses.

22 — Bracelet à feuilles de vigne en or émaillé, et grappes formées de seize brillants.

23 — Bracelet double en or, orné de deux branches de laurier en brillants.

24 — Bracelet gourmette en or, orné de six saphirs et de petits brillants.

25 — Broche formée d'un oiseau de paradis garni de petits brillants.

26 — Broche composée de feuilles de chêne en brillants, avec trois glands formés chacun d'une perle.

27 — Broche formée d'une chèvre pavée de brillants.

28 — Autre petite Broche, formée d'un baudet pavé de brillants, de rubis, de saphirs et d'émeraudes.

29 — Broche sauterelle en or ciselé, ornée d'une perle fine.

30 — Broche crevette en or ciselé, pavée de brillants, avec yeux en rubis.

31 — Broche poule et poussins, en or ciselé, à deux tons, pavée de brillants, avec yeux en rubis.

32 — Broche or ciselé et émaillé, formée d'un chapeau et d'un éventail garnis de roses, petites perles et petits rubis.

33 — Broche églantine, pavée de brillants, avec une perle fine.

34 — Broche trêfle à quatre feuilles, en jade vert, un brillant et petites roses.

35 — Broche forme grappe, ornée de petites perles et de roses.

36 — Broche formée de deux cœurs entrelacés, en rubis et petits brillants.

37 — Broche d'or avec coccinelle en grenat, garnie de roses et de deux petites perles.

38 — Broche-Barrette ornée d'une perle, de deux brillants et de roses.

39 — Broche-Barrette avec chaînette en or, ornée de petites perles et brillants.

40 — Bracelet tresse en or.

41 — Bourse en or.

42 — Broche composée de trois violettes en or, avec deux petits brillants (poids 12 gr.).

43 — Petite Broche sabot fleuri en or orné de roses.

44 — Petite Broche en or émaillé et roses, formée de deux hirondelles.

45 — Petite Broche d'or, avec croissant et plume garnie de petits brillants, roses et quatre rubis.

46 — Petite Broche papillon, ornée d'un brillant et de roses.

47 — Douze petites Épingles d'or, avec têtes en perles fines de diverses grosseurs.

48 — Broche-Barrette ustensiles de pêche, en or, roses, deux petits rubis et deux perles.

49 — Broche-Barrette appareil de photographie, or, brillant, roses et perle.

50 — Broche-Barrette feuilles de laurier, en or et roses.

51 — Six petites Broches-Barrettes, en rubis, émeraudes, saphirs, roses, turquoises et perles.

52 — Montre d'homme, à remontoir, en or, n° 11321, de L. Contreau, chiffre C. C.

53 — Chaîne de montre or et platine avec cachet de jaspe (poids 50 gr.).

54 — Montre d'homme, à remontoir et à répétition, de Louis Raby, n° 1273, chiffre C. E.

55 — Montre savonnette en or, n° 12140, de Maret Jorry et Gaime.

56 — Petite Montre de dame, à remontoir, en or gravé avec petite perle, de Charles Oudin, n° 23364.

57 — Montre de dame, à remontoir, avec chiffre en relief C. M. de Kobel, de Genève.

58 — Montre plate de dame, en or gravé.

59 — Bracelet d'or découpé avec date : *Vingt-neuf mars 1861* au pourtour, et nom *Marie* sur le médaillon (poids 82 gr.).

60 — Trois Bracelets d'or, l'un avec clé et chiffre M (poids 122 gr.).

61 — Bracelet d'or avec trois chatons en lapis et roses (poids 90 gr.).

62 — Bracelet gourmette avec chiffre C. M. en roses.

63 — Chaîne giletière double, en or, avec pièce en argent (poids 37 gr.).

64 — Boucle de ceinture en or (poids 22 gr.).

65 — Parure de Boutons de chemise en or, cinq pièces (21 gr.).

66 — Deux Paires de boutons de manchettes en or, chiffrés (18 gr.).

67 — Parure genre Campana en or (43 gr.) : Broche, Boucles d'oreilles et Boutons de manchettes.

68 — Un Porte-Mine et un Canif breloque en or et un autre en argent.

69 — Une Boucle et un Saint-Esprit en strass et argent.

70 — Petit Peigne d'écaille avec galerie ornée de sept perles, six rubis et de roses.

71 — Épingle à chapeau avec tête en petites perles fines.

72 — Deux Épingles à chapeau avec boules en or garnies de roses et petits rubis.

73 — Très petit Peigne en écaille avec rang de perles et trois Épingles à cheveux en écaille.

74 — Huit Pièces : deux Boucles d'oreilles en or émaillé bleu et petites perles; Broche et deux Boucles d'oreilles, camées entourés de perles; Broche et deux Boucles d'oreilles en corail.

75 — Deux Boucles d'oreilles, deux Boutons de manchettes en corail, deux Épingles de nourrice en or, une Épingle de cravate avec opale entourée de roses, deux Chaînes jaseron, un Cachet et un Médaillon.

76 — Deux Bracelets or gravé, l'un avec parties émaillées bleu (poids 47 gr.).

77 — Étui à cigarettes en or avec chiffre C. C. en brillants et saphirs (poids 70 gr.).

78 — Flacon à sel, monture en or avec cabochons en lapis et en grenat, entourés de roses.

79 — Chaînette en or avec boucle garnie de petites roses, et deux petites Épingles en or, avec perles et chiffre M.

80 — Deux Médaillons formés, l'un : d'une pièce d'or turque, l'autre d'une pièce de cinq dollars, et un Anneau en or et platine, une Bague.

81 — Petite Boîte ronde à poudre de riz, en or ciselé.

82 — Montre à remontoir, de Leroy et fils, en or, avec chaînette.

83 — Deux Boutons de manchettes or et camées.

84 — Trois Boutons de chemise en or.

85 — Bourse en or.

86 — Un Coupe-Cigares, un Porte-Allumettes, un Coupe-Cigares, deux Médaillons en or et un Cachet-Breloque, un Porte-Mine.

87 — Deux Épingles de cravates or et Sujets de sport.

88 — Trousse avec chaîne en argent, comprenant : Bourse, Boîte à allumettes, Porte-crayon, deux Sifflets.

89 — Bonbonnière en or et émail.

90 — Un Flacon à sel en argent doré, un Médaillon, souvenir de la course de Paris-Dieppe (1891), et une Agrafe de manteau en argent doré.

91 — Un Porte-Cartes, deux Porte-Mine et un Hochet en argent, plus un Carnet avec montre.

92 — Deux Chaînes de gilet en or (40 gr.), un Bracelet en jais monté or, un lot de Débris d'or, et un lot de divers Bijoux et Débris en argent et cuivre.

93 — Deux Porte-Monnaie et deux Carnets en écaille, monture d'argent.

94 — Boîte oblongue en ancien émail de Saxe, décor en camaïeu rose à sujets, genre Watteau.

ARGENTERIE

95 — Légumier et son plateau, rond, à anses plates, ajourées, en argent ciselé, style Louis XIV, chiffre C. C.

96 — Ecuelle à bouillon, à deux anses plates, en argent ciselé, style Louis XV.

97 — Service à thé et à café, en argent repoussé, à ornements rocaille, composé d'une Théière, un Sucrier, deux Cafetières et un Pot à lait.

98 — Saucière, style Louis XV, sur plateau à contours, en argent ciselé, chiffre C. C.

99 — Garniture de toilette en cristal gravé garni d'argent repoussé, genre Louis XV, composée d'une Boîte à poudre, deux Flacons et un petit Flacon à odeur.

100 — Sucrière à saupoudrer, forme vase à godrons, en argent repoussé.

101 — Une autre Sucrière plus petite, à godrons en spirales, en argent.

102 — Une autre Sucrière, petite, forme vase, à fleurs, en argent.

103 — Boîte à biscuits, de style Japonais, en argent gravé anglais.

104 — Deux Porte-Bouquets, style Louis XVI, ajourés, à fleurs, oiseaux et têtes de béliers.

105 — Petit Vase porte-bouquet, argent, à panse sphérique.

106 — Six Zarfs en vermeil, avec tasses en porcelaine.

107 — Dix-huit Verres à liqueurs, avec Porte-Verres en argent à rocailles.

108 — Service à dessert en vermeil, à filets, composé de : Vingt-quatre Couverts, Cuillers et Fourchettes ; douze Cuillers à café ; vingt-trois Cuillers à grogs ; douze Cuillers à café ; une petite Louche à sirop ; une Cuiller et une Pince à sucre ; deux Pelles à glace ; vingt-quatre Couteaux à manche et lame vermeil.

109 — Vingt-quatre Cuillers à café, argent et vermeil, à feuilles de vigne, de travail anglais.

110 — Un Couteau en argent, à manche en bronze Japonais.

111 — Une Lampe allumoir, un Flacon de voyage, une petite Boite à lait, quatre Porte-Verres.

112 — Un Ciseau à raisin, une Fourchette à conserves, une Pince à sucre.

113 — Service d'argenterie dans un écrin, composé de : dix-huit Cuillers et trente-six Fourchettes, vingt-quatre Couverts d entremets, douze Fourchettes à huîtres, dix Cuillers à café, douze Couteaux, lame et manche d'argent.

114 — Six Salières doubles en argent.

115 — Cinq Salières doubles en argent estampé.

116 — Un Moutardier, style Louis XVI.

117 — Deux Poêlons en argent.

118 — Un Porte-Huilier, genre Louis XV, argent.

119 — Un Porte-Cure-Dents, formé d'un paon.

120 — Jardinière ronde, à anse mobile, en argent repoussé.

121 — Une Corbeille à fruits, ovale, en argent découpé à jour.

122 — Service à thé et à café, de style Japonais, en argent gravé et repoussé à lobes de chez Duponchel, composé de : une Théière, une Cafetière, un Sucrier, un Pot à crème.

123 — Service à thé et à café en argent gravé en relief et à cartouches, style Renaissance, composé de : une Théière, une Cafetière, deux Sucriers, un Pot à crème.

124 — Deux petites Aiguières en cristal argent ciselé.

125 — Deux Flacons en cristal et un plus petit, garnis d'argent, à cannelures en spirale.

126 — Un Ciboire et une Patène en vermeil.

127 — Un Drageoir en vermeil gravé.

128 — Boite à thé, forme contournée, en argent repoussé, style Louis XV.

129 — Deux Saucières, à deux anses, sur plateaux ovales.

130 — Deux petites Coupes coquilles, sur pieds à sirènes en argent ciselé, style Renaissance.

131 — Deux petites Jardinières carrées, en argent, à sujet de jeux d'enfants.

132 — Deux Porte-Bouquets, cylindriques, en argent repoussé.

133 — Tasse à déjeuner et sa Soucoupe, en argent.

134 — Casserole avec lampe à alcool et manche d'ivoire.

135 — Deux Tasses en argent repoussé, à lobes, vermeil à l'intérieur.

136 — Coupe à piédouche, à anse mobile, en argent repoussé, à feuillages.

137 — Pinte en argent anglais martelé, avec salamandres en relief.

138 — Gobelet à piédouche en argent martelé.

139 — Moutardier, style Louis XVI, en argent ciselé.

140 — Petit Coffret à couvercle en toit en argent finement repercé.

141 — Petit Bougeoir, style Louis XV, argent ciselé.

142 — Choppe avec couvercle en argent découpé.

143 — Deux Coffrets oblongs en argent repoussé, à figures.

144 — Jardinière ovale, genre Louis XVI, en argent repoussé, à guirlandes.

145 — Deux Gobelets, avec présentoirs, en argent repoussé, de décors variés.

146 — Deux Flambeaux, colonnes cannelées, à chapiteaux, en argent anglais.

147 — Trois petites Coupes coquilles.

148 — Un petit Plateau ovale à contours et un Moulin à vent.

149 — Théière formée d'une vache.

150 — Deux petits Navires en filigrane d'argent.

151 — Cinq Pièces en argent : deux Porte-Menus, deux petites Poivrières et un Porte-Cure-Dents.

152 — Cinq Pièces à hors-d'œuvre, à filets.

153 — Quatre autres Pièces à hors-d'œuvre, ornées.

154 — Deux petits Vases porte-bouquets.

155 — Quatre Couteaux à fromage, argent.

156 — Service à bonbons, style Louis XV, de six pièces en vermeil de chez Merite (écrin).

157 — Un autre Service de six pièces en vermeil (écrin).

158 — Deux Pelles à glace en argent gravé anglais.

159 — Douze petites Salières avec cuillers, en argent martelé et vermeil (écrin).

160 — Service à glace de vingt pièces, argent ciselé (écrin).

161 — Trois Plats longs (de trois grandeurs), style Louis XV, à contours et bordure à ornements ciselés. Marqués en relief C. C.

162 — Deux grands Plats ronds du même service.

163 — Un Plat creux du même service.

164 — Un Plat ovale à filets, en argent, et un autre Plat ovale plus petit chiffrés C. A.

165 — Deux grands Plats ronds à filets, en argent, chiffrés C. A.

166 — Un Plat creux chiffré E. C.

167 — Petit Plateau, style Louis XV, à contours et ornements ciselés, en argent, de chez Boin-Taburet.

168 — Tasse à déjeuner à une anse et son Présentoir argent ciselé, style Louis XV.

169 — Ecritoire en argent découpé et ciselé.

170 — Plateau à lettres en argent gravé de Mérite.

171 — Sept Porte-verres à liqueurs en argent, style Louis XV, et un autre plus petit.

172 — Tasse et sa Soucoupe en argent ciselé à rocaille.

173 — Un petit Plateau à contours, style Louis XV, et une petite Coupe ronde, à bordure ciselée, en argent.

174 — Deux Flacons à thé, forme d'urnes égyptiennes, en argent.

175 — Déjeuner en argent guilloché de Cardeillac, composé de : une Théière, un Sucrier, un Pot à crème et une Tasse avec soucoupe.

176 — Deux petits Plats à œufs, en argent.

177 — Petite Bouilloire en argent uni.

178 — Un Pot à lait argent uni.

179 — Une Saucière à une anse et une autre sans anse, en argent.

180 — Six petits Flacons à odeur et à liqueur de diverses formes et un Etui, en argent.

181 — Trois petites Boîtes à poudre, une Corne porte-bouquet, deux petites Tasses.

182 — Deux Porte-Plume et deux Coupe-Papier.

183 — Vingt-quatre Cuillers à glace en vermeil, de chez Cardeilhac.

184 — Quatre Atlets, une Pince à asperges, une Truelle à poisson.

185 — Une Pince à asperges argent ajouré et une Cuiller à punch.

186 — Deux Gourdes de voyage en argent.

187 — Une petite Pinte, en argent ciselé, à feuillages.

188 — Un petit Porte-Bouquet, un Éteignoir et un Coquetier.

189 — Neuf Ronds de serviettes en argent et deux en ivoire avec chiffre en argent.

190 — Vingt-cinq Cuillers et cinquante Fourchettes de table à filets et coquilles, douze Couverts d'entremet, une Louche, deux Cuillers à sauce, douze Cuillers à café, onze Couteaux lame d'argent.

191 — Douze Fourchettes à huîtres, à filets et coquilles, en argent.

192 — Sept Pièces argent : Cuiller à sucre, Cuiller forme coquille, une Pelle, un Couvert, deux Couteaux, l'un à manche de nacre.

193 — Douze Cuillers à café, genre Renaissance.

194 — Quinze Pièces dépareillées : Cuillers à entremets et à café.

195 — Une Pince à salade.

196 — Vingt-quatre petites Cuillers à sel, de divers modèles, en argent.

197 — Sac de voyage en cuir avec garniture en argent.

198 — Petit Crucifix en argent sur croix en ivoire et socle en cristal de roche.

199 — Petit Coffret à ouvrage, oblong, à angles coupés, en ivoire sculpté, de travail chinois.

PLAQUÉ ET RUOLZ

200 — Quatre Pieds de Coupes en cuivre argenté, style Louis XV.

201 — Un Hanap Louis XIV, en cuivre argenté

202 — Une Coupe, forme corne, en bronze ciselé et argenté, style antique.

203 — Cave à liqueurs à cage en bronze et panneaux de glace.

204 — Diverses Pièces en métal et plaqué : Brocs à bière, Carafes, Verres, Chopes en cristal, etc.

205 — Service composé de : Broc sur son support avec coupe à boire et Sucrier en métal argenté.

206 — Quatre Coupes en cristal avec pieds, de style Louis XVI, à volutes, en bronze argenté.

207 — Environ trente lots : Corbeilles, Plats, Plateaux, Réchauds, Soupières, Légumiers, Moules, Boîtes à

biscuit, Porte-Asperges, Cafetières, Dessous de carafes, Presse à citronnade, Corbeille à œufs, etc., en christofle, ruolz, plaqué et métal.

AMEUBLEMENT, TAPISSERIES OBJETS D'ART

REZ-DE-CHAUSSÉE

VESTIBULE

208 — Table en chêne sculpté, à pieds fuselés et cannelés, genre Louis XVI.

209 — Fauteuil et quatre Chaises, genre Louis XVI, en chêne sculpté, garnis de velours frappé et deux Coffres à bois de même style.

210 — Grande Armoire ancienne, à panneaux saillants, en bois de noyer.

211 — Parement de Cheminée, de style Renaissance, en noyer sculpté, le bas à frise de rinceaux, le haut à colonnes et encadrement de glace.

212 — Fût de colonne cannelée, en chêne.

213 — Glace à bordure guillochée, style Louis XIII.

214 — Jardinière à trépied, en bronze vert, de style antique.

215 — Jardinière ronde, en faïence artistique, fond jaune, socle en bois noir.

216 — Lanterne à gaz, en fer forgé, style Renaissance et Lanterne applique, en fer forgé, style Renaissance.

217 — Petite Veilleuse, avec bras applique, en fer forgé.

218 — Fontaine et son Bassin, en étain gravé.

219 — Gong japonais, avec support en fer forgé.

PETIT SALON

220 — Ornementation d'une fenêtre et d'une porte cintrée, en riche soierie brochée à fleurs, de style Louis XV, avec bandes de peluche rouge.

221 — Petit Canapé style Louis XV, en bois sculpté, à contours, et garni de soierie brochée pareille aux rideaux.

222 — Deux Fauteuils et quatre Chaises, de même style, richement sculptés et garnis de même étoffe.

223 — Table de style Renaissance, en noyer sculpté, à balustres, arceaux et colonnettes sur une base avec traverse.

224 — Bel Écran japonais, en bois laqué et sculpté, à oiseaux sur les montants, feuille ornée de deux plaques en poterie de Satzuma à sujets de figures rehaussés d'or.

225 — Grande Coupe ovale, en granit rose oriental, à piédouche en bronze doré et base de granit, piédestal en chêne.

226 — Fût de colonne, en noyer, à filets d'or.

227 — Table à thé, forme Louis XV, en acajou sculpté et quatre figures d'enfants en bois doré.

228 — Deux Candélabres à six lumières, genre Louis XVI, en bronze doré, montés sur des potiches en ancienne porcelaine du Japon.

229 — Deux Chenets avec galerie en bronze doré, de style Louis XVI.

230 — Pare-Étincelles, forme éventail, en bronze.

231 — Lustre à une lampe et douze bougies, en bronze doré, style Renaissance.

GRAND SALON

232 — Belle Tapisserie, de l'époque Louis XIV, représentant plusieurs personnages en riches costumes réunis dans un parc, avec parterre, fontaine, charmilles ; la perspective s'étend au fond sur un palais. Bordure à ornements simulant un cadre.

233 — Trois Décorations de fenêtres, l'une en soie crème moirée brochée à fleurs, les deux autres en étoffe brochée et peluche de lin verte avec trois bandeaux en peluche rouge appliqués de guirlandes et de galons.

234 — Deux Portières cintrées, en peluche de lin verte, l'une avec bande de tapisserie ancienne.

235 — **PIANO** droit de Pleyel, en bois noir, avec filets de cuivre.

236 — Parement de piano, en peluche verte et soie brochée, garni de passementeries.

237 — Tabouret carré, en bois noir sculpté, genre Louis XVI, rehaussé de dorure.

238 — Deux Meubles à hauteur d'appui, en ébène incrusté de filets de cuivre et garni de moulures, le milieu à ressaut, orné de sujets à figures en bronze patiné.

239 — Table de milieu à contours en bois noir à filets de cuivre, pieds cambrés à chutes et sabots, bronze doré, genre Louis XIV.

240 — Table en noyer sculpté, de style Chinois, à pieds formés de têtes d'éléphants.

241 — Quatre Fauteuils, style Louis XIII, grand modèle, en noyer, garnis d'étoffe brochée en couleurs sur fond bleu.

242 — Écran pupitre en bois laqué.

243 — Quatre Chaises, genre Louis XVI, en bois noir et or, à pieds fuselés et dossiers à colonnettes.

244 — Quatre Chaises légères en bois doré.

245 — Deux Chaises en bois noir.

246 — Deux Fauteuils en peluche verte, soierie et broderie.

247 — Deux Chaises chauffeuses, l'une à dossier sculpté, en noyer et or.

248 — Deux Fûts de colonnes en marbre brèche.

249 — Deux Girandoles, style Louis XIV, en cuivre doré et plaquettes de cristal, à douze lumières.

250 — Jardinière formée d'un marabout en grès de LACHENAL.

251 — Jardinière ovale en bronze, de style Japonais.

252 — Groupe en bronze d'après CLODION. Faunesse et deux Enfants, socle en marbre rouge.

253 — Statuette de Vénus accroupie, bronze de BARBEDIENNE.

254 — Deux paires de Lampes variées de formes, en cuivre.

255 — Deux Lampes en émail cloisonné du Japon.

256 — Lustre à quarante-deux lumières, en bronze garni de cristaux.

257 — Deux Appliques à huit lumières.

258 — Deux Chenets, style Louis XIII, en cuivre.

259 — **Marbre.** Buste de jeune Fille, par GRÉGOIRE, 1882.

260 — Deux Vases de forme japonaise, en faïence décorée sur fond brun.

261 — Deux Vases en porcelaine décorée, genre Sèvres, fond bleu, montés en bronze.

262 — Miroir supporté par une figure de femme, genre Renaissance.

263 — Encrier en bronze argenté.

264 — Jardinière et deux Vases en faïence artistique bleu turquoise.

265 — Jeu d'échecs en ivoire.

266 — Divers Objets d'étagère, Vases en bronze, Porte-Bouquets en émail.

267 — Bougeoir à deux lumières, formé d'une perdrix en émail cloisonné de Chine.

268 — Petit Écran Encrier en bronze, style Japonais.

DEUXIÈME PETIT SALON

269 — Décoration d'une fenêtre et d'une portière cintrée en drap rouge soutaché, quatre Fauteuils et deux Chaises de même étoffe.

270 — Meuble à deux corps, de style Henri II, en noyer sculpté, à figures allégoriques sur les portes.

271 — Paravent à trois feuilles, à monture de style Chinois et tapisserie à la main.

272 — Grande Table à jouer en bois noir, dessus à coulisse en drap rouge.

273 — Autre Table à jouer en bois noir.

274 — Garniture de Cheminée en bronze doré, composée d'une Pendule surmontée d'une statuette de femme, deux Candélabres à six lumières et deux Aiguières.

275 — Galerie de foyer de même style.

276 — Lustre en bronze doré à une lampe et neuf bougies.

277 — Sanglier en bronze, de Mène.

278 — Grande Carpette orientale à fond bleu.

279 — Tapis des trois salons, en moquette rouge, genre Smyrne.

SALLE D'ARMES

280 — Garniture de baie en étoffe verte drapée, composée de deux grands Rideaux et d'un Lambrequin.

281 — Ameublement recouvert en drap rouge soutaché, composé d'un Canapé droit, deux Canapés arrondis, deux Fauteuils et deux Chaises.

282 — Bureau surmonté d'une étagère en bois sculpté, de style Chinois.

283 — Meuble-Étagère de même style.

284 — Deux Fûts de colonnes cannelées, en bois.

285 — Guéridon octogone, genre oriental, en bois gravé.

286 — Garniture de cheminée de Barbedienne, en onyx et bronze doré, composée d'une Pendule surmontée d'un faune en bronze argenté et de deux Candélabres, forme vases, à huit lumières.

287 — Lustre, de style Renaissance, en fer forgé à quatre becs à gaz.

288 — Deux Lanternes appliques de même style.

289 — Petite Pendule sur un cerf en bronze, style japonais.

290 — Encrier en marbre noir, émail cloisonné et bronze.

291 — Girandole à deux lumières, Silène en bronze vert.

292 — Deux Vases en bronze japonais incrusté.

293 — Douze Mortiers anciens en bronze et métal.

294 — Une Écuelle, une Boîte à sel et une Canette en étain.

295 — Biche en bronze, de Fratin.

296 — Deux Faisans en bronze, de Caïn.

297 — Deux Coupes en marbre noir, bronze doré et émail cloisonné.

298 — Collection d'armes anciennes formant plusieurs panoplies et comprenant environ soixante-quinze pièces, telles que : Mousquets, Hallebardes, Pertuisanes, Pistolets, Fusils chinois, Sabres, Épées, Haches d'armes, etc., de travail européen et oriental. *(Sera divisé).*

299 — Armoire en noyer contenant des ustensiles d'escrime.

300 — Grande Carpette de Smyrne, à fond bleu, bordure rouge.

SALLE DE DOUCHES

301 — Installation de salle de douches : Revêtement de plomb, Parquet de bois, deux Réservoirs à pression pour eau chaude et eau froide, Calorifère à gaz, Moteur, Tuyauterie et Appareils en plomb et en cuivre, etc.

SALLE A MANGER

302 — Ameublement de salle à manger en bois noir, genre Henri II, comprenant : un grand Buffet à deux

corps, le haut à deux portes vitrées et à étagères sur les côtés; une Table à rallonges; deux Dressoirs et vingt Chaises garnies de drap vert soutaché.

303 — Cheminée en bois noir sculpté, style Renaissance, à colonnes, mufles de lions et frise de rinceaux.

304 — Table à thé, de style chinois, en bois noir.

305 — Petite Desserte étroite, en bois noir, formant étagère.

306 — Suspension, genre Renaissance, à une lampe et douze bougeoirs.

307 — Deux Appliques, à gaz, à cinq lumières. de même style.

308 — Écran en bois noir et peluche verte soutachée d'ornements.

309 — Paravent à trois feuilles en drap vert.

310 — Pendule Louis XIV et son Socle de suspension en marqueterie de cuivre ornée de bronzes.

311 — Deux Girandoles, style Louis XVI, à trois branches pieds de bouc et guirlandes de lauriers en bronze argenté.

312 — Deux grands Plats ronds, en cuivre repoussé, à bossages, du XVIe siècle.

313-317 — Huit Pièces : Soupière ovale, Gourde, Broc, Vases divers, Cafetière, Saucière, le tout en étain gravé et repoussé des XVIIe et XVIIIe siècles.

318 — Bouilloire ancienne, en cuivre jaune repoussé, à ornements et devises.

319 — Quatre Assiettes en porcelaine de Sèvres décorée: deux à sujets de pêche, deux autres à ornements rehaussés d'or.

320 — Vingt Pièces en faïence ancienne et en porcelaine : Plats, Soupières, Brocs, Gourdes, Assiettes.

321 — Très grande Tapisserie ancienne, de Felletin (en plusieurs parties), représentant des paysages avec kiosques, oiseaux aquatiques et arbres fleuris ; bordure de fleurs.

322 — Panneau étroit de même tapisserie.

323 — Tapisserie ancienne de Felletin, à paysage avec kiosque et habitations ; au premier plan, un dindon et un oiseau aquatique ; bordure à enroulements de feuillages et de fleurs.

324 — Deux Garnitures de fenêtres en drap rouge et imitation de tapisserie.

325 — Tapis genre Smyrne à fond rouge et Carpette orientale.

ESCALIER

326 — Une grande Portière en ancienne tapisserie de Felletin, à paysage, avec bordure de fleurs.

327 — Deux Panneaux de même tapisserie, avec encadrements.

328 — Portemanteau en noyer.

329 — Porte-Cannes en noyer.

330 — Torchère négrillon, en bois peint et doré.

PREMIER ÉTAGE

PETIT SALON

331 — Deux paires de Rideaux de croisées en soierie, de style Louis XV, à fond vert, avec galeries et lambrequins.

332 — Garniture de cheminée, de style Louis XVI, en bronze et marbre blanc, composée d'une Pendule à cage, ornée de rameaux, de guirlandes et de rubans ciselés et dorés, de deux Candélabres à 4 lumières supportés par des figures d'enfants.

333 — Deux petits Chenets à figures d'enfants, de même style.

334 — Joli petit Lustre, de style Louis XVI, en forme de vase, autour duquel trois cariatides de femmes retiennent six branches de rinceaux porte-lumières, en bronze ciselé et doré au mat.

335 — Deux Bras appliques, de style Louis XVI, à cariatides de sirènes, en bronze patiné, supportant 3 lumières, en bronze ciselé et doré.

336 — Statuette de Diane chasseresse, en bronze, de Carrier-Belleuse, avec support en peluche.

337 — Petit Meuble hollandais, à deux tiroirs et pieds contournés, en bois marqueté à fleurs.

338 — Guéridon style Louis XV, à quatre pieds, en bois sculpté, à rehauts d'or.

339 — Table à jouer de même style.

340 — Bureau Louis XV, à abattant, en bois de placage.

341 — Deux Fauteuils et deux Chaises, style Louis XV, en bois sculpté laqué blanc, garnis de soierie fond vert.

342 — Chaise longue garnie de soierie, de style Louis XVI.

343 — Fauteuil de bureau, en bois ajouré et incrusté de filets de cuivre et d'étain.

344 — Tapis de Smyrne couvrant le petit salon, et trois Carpettes orientales.

CHAMBRE A COUCHER

345 — Bel Ameublement de chambre à coucher en palissandre sculpté, composé de : un Lit de milieu, une Armoire à trois portes à glaces, celle du milieu cintrée et ornée de colonnettes, une Commode, une Table-Bureau et une Table de nuit. (L'armoire renferme un coffre-fort de Fichet.)

346 — Cheminée en palissandre sculpté, à montants formés de colonnettes cannelées, surmontée d'une glace à fronton cintré.

347 — Petit Chiffonnier à quatre tiroirs, forme Louis XV, en bois de rose et de violette, marqueté à fleurs et garni de bronzes dorés. Dessus de marbre ranz.

348 — Petite Console, de style Renaissance, à colonnette balustres, et fond plein en palissandre sculpté.

349 — Petite Vitrine en palissandre sculpté, à deux portes à glaces biseautées avec fronton cintré.

350 — Petite Etagère d'entre-deux, en palissandre à fond de petits carreaux de glace.

351 — Table forme Louis XV, en palissandre sculpté.

352 — Fauteuil de bureau, genre Louis XV, en palissandre et velours rouge frappé.

353 — Deux Chaises légères du même style.

354 — Deux Chaises en palissandre garnies de satin bleu soutaché.

355 — Chaise longue, genre Louis XVI, en palissandre, garnie de velours gris rayé, soutaché de fleurs et rubans.

356 — Deux Fauteuils confortables de même étoffe.

357 — Tenture de lit, trois Portières doubles et trois Garnitures de fenêtres en velours gris rayé et soutaché d'ornements, fleurs et rubans.

358 — Garniture de cheminée, genre Renaissance, en bronze doré, comprenant : une petite Pendule à dôme, deux Candélabres à deux lumières et deux Flambeaux cassolettes.

359 — Petit Lustre à une lampe et six lumières, de même style.

360 — Galerie de foyer, de même style.

361 — Pare-Etincelles en bronze à guirlandes et ornements.

362 — Statuette de Vierge en bronze argenté.

363 — Bénitier triptyque en bronze argenté et doré.

364 — Triptyque en cuivre argenté contenant un sujet en ivoire sculpté : l'Adoration des Mages.

365 — Petite Pendule en bronze doré, style Louis XVI fût surmonté d'un enfant jouant du chalumeau.

366 — Deux Porte-Bouquets en verre sur pieds en bronze doré à chimères.

367 — Divers Objets d'étagères, Jardinières, Coffrets, Coupes en bronze, Vases et Vide-Poches en verrerie artistique, etc.

DEUXIÈME CHAMBRE A COUCHER

368 — Couchette en palissandre à colonnettes détachées.

369 — Une Armoire à glace en érable à moulures d'amarante, une Table à volets, une Table de nuit, une Armoire à porte pleine et une Commode surmontée d'une vitrine de même travail.

370 — Meubles et Sièges divers.

371 — Petit Lustre en fer forgé à six lumières.

372 — Rideaux de fenêtre et Portière double en croisé vert olive.

TROISIÈME CHAMBRE A COUCHER

373 — Ameublement en palissandre ciré, composé de deux Couchettes, une Armoire à glace à trois portes, une Toilette, une Table de nuit, une Table-Bureau.

374 — Prie-Dieu en bois noir sculpté.

375 — Pendule et deux Candélabres à cinq lumières, de style Chinois, en émail cloisonné et bronze doré.

376 — Galerie de foyer style Louis XVI.

377 — Petit Lustre en porcelaine et bronze doré à une lampe et neuf bougeoirs.

378 — Grande Garniture de lit, d'une baie d'une fenêtre, une Portière double et une Portière simple en étoffe de style Louis XVI, à rayures vertes et étoffe rose.

CABINET DE TOILETTE

379 — Deux Toilettes, une Table et divers Ustensiles.

SALLE DE BAIN

DEUXIÈME CABINET DE TOILETTE

380 — Grande Toilette en palissandre à dessus de marbre blanc et glace, Armoire à glace en palissandre, petite Toilette en palissandre avec miroir mobile, Meubles divers.

BUREAU

381 — Riche Ameublement de bureau en bois noir sculpté, style Henri II, composé : d'une grande Bibliothèque monumentale à deux corps, deux parties vitrées à deux portes et à frontons reliés par une partie à porte pleine renfermant un casier, un Bureau ministre, un Meuble papeterie à tiroirs.

382 — Une Crédence, style Henri II, en bois noir sculpté, pour cigares.

383 — Cheminée en bois noir avec fronton et petit panneau de tapisserie.

384 — Coffre-Fort de Fichet, dans une enveloppe en bois noir sculpté.

385 — Boîte à cigares et sa Table support en laque burgauté.

386 — Fauteuil de bureau, un Canapé, deux Fauteuils et quatre Chaises légères en bois noir, garnis de tapisserie.

387 — Table tric-trac en acajou.

388 — Deux Tables bambou.

389 — Une Glace bordure dorée.

390 — Potiche en vieux Japon, à décor d'arabesques en bleu.

391 — Lampes, Vases en bronze, divers Objets de fantaisie.

392 — Deux paires de Rideaux de fenêtres, en drap vert et bandes imitation tapisserie.

393 — Lustre et deux Appliques, style Renaissance, en cuivre.

394 — Bustes de Vénus et d'Apollon, en bronze.

395 — Vase à piédouche.

396 — Groupe de quatre moutons, en bronze de MOIGNIER.

397 — Lion, la patte levée sur un serpent, bronze de BARYE.

398 — Trois petits Bronzes de FREMIET, Poules et Coq.

399 — Pendule-Baromètre.

DEUXIÈME ÉTAGE

CHAMBRE A COUCHER

400 — Ameublement en palissandre sculpté, composé de : un Lit avec chevet à fronton, une Armoire à trois portes, à glace, ornée de colonnettes cannelées, une grande Toilette à dessus de marbre avec glace, une petite Toilette avec glace mobile, une Table de nuit.

BUREAU DU SECRÉTAIRE

401 — Bureau ministre en bois noir.

Cartonnier en chêne, Presse à copier.

Machine à écrire.

SALLE D'ÉTUDE

402 — Grand Bureau à cylindre, surmonté d'un casier, Table, Armoire, Chaises, etc. Table à jouer en bois noir.

CHAMBRE A COUCHER

403 — Ameublement en érable et amarante, composé de : un Lit, une Armoire à glace, une Toilette et une Table de nuit.

404 — **PIANO DROIT,** en bois noir, de ROHDE STAUB.

405 — Un Fauteuil coussin.

406 — Carpettes orientales.

DENTELLES

407 — 6 mètres Point d'Alençon, de 8 centimètres de haut.

408 — 9 mètres Point à l'aiguille, de 15 centimètres de haut.

409 — 4 mètres Point à l'aiguille, de 15 centimètres de haut.

410 — 14 mètres Valenciennes, en deux coupes, de 7 et de 10 centimètres de haut.

411 — Trois Cols, deux Bouts et Manches.

412 — Neuf Morceaux Dentelle blanche.

413 — Une Echarpe en imitation.

414 — Trois Mouchoirs en Point à l'aiguille.

415 — Diverses Dentelles blanches et noires.

416 — Un Eventail Louis XVI à monture d'ivoire.

417 — Deux Eventails à montures nacre, style Louis XV.

418 — Divers Eventails en plumes d'autruche garnis de dentelles, etc.

FOURRURES

419 — Jaquette en loutre.

420 — Un Collet garni de zibeline.

421 — Jaquette en astrakan.

422 — Boa en renard bleu.

423 — Un Col et une paire de Parements en lama gris de Chine.

424 — Trois Morceaux de Kamtchatka, ensemble 1 m. 35 centimètres sur 11 × 14.

425 — Huit Manchons en lama de Chine gris, renard bleu, astrakan, chinchilla, Kamtchatka, queues de zibeline, castor, loutre.

426 — Fourrage sans manches en petit gris, Col et deux Devants en castor.

427 — Deux Manchons en castor.

428 — Deux Pelisses d'homme en loutre.

429 — Deux Pelisses d'homme en castor.

Vaisselle — Verrerie — Cuisine — Cave
Chambres de domestiques.

www.ingramcontent.com/pod-product-compliance
Ingram Content Group UK Ltd.
Pitfield, Milton Keynes, MK11 3LW, UK
UKHW032017260826
14628UKWH00006B/2541

9 782329 479095